声を呑む こえ

佐川真理子 歌集

Mariko Sagawa

青磁社

序

神谷　佳子

著者に初めてお会いしたのは、二〇一六年四月NHK文化センターのカルチャー教室である。新入生として紹介されたときの、臆することなくにこにことごく自然に座席につかれた様子は忘れがたい。その日はちょうど会食の日で、皆が誘うと気持ちよく来てくださった。食後持ち寄った一首を披露することになり、「突然だけれどあれば出しては」と言ったら今できたばかりと立ち上がり、

勇気ふるい短歌教室に入りし日は四十二回目の結婚記念日

と、本歌集初期の一首を詠みあげられ、勿論拍手であり楽しい団欒となった。

ＮＨＫに来るまで短歌に何ひとつ縁がなかったが、遡ること十数年、父の介護に行き詰った時ふいと口をついて五七五七七のリズムで短歌が出てきた。とても不思議だったと、あとがきにも書かれている。

第一章は二〇〇〇年より二〇一〇年まで、作歌と意識しないで口をついて出た歌、ということである。かつてドイツで日独短歌の朗読会をしたことがあり、そのとき「日本人はすべて詩人ですね」と言われたが、古来日本ではこのようにし

て階層を限らず口伝えに伝わっていき、そして今も盛んなのはその由来であろう。いつの間にか耳より目よりこの日本語の韻律がしみついているのだ。美しいリズムである。意味としては何でもないことと思われても、リズムにのると微妙な陰影をかもす。この一首も「はあそうですか」とだけではないものが読む人によっては解る、湧くであろう。

この一首徒事歌ではない。初句二句三句と読めば事実だけを並べたのではない感慨が加わる。四十二回目をこえ金婚記念日を迎え、また私のように九十を超えて読んだ時、この一首の事実は幾重にも感慨をよぶ。ごく自然に出発した作歌意欲は素晴らしいと思うのである。

意識的に作歌を始める前、自ずから呟くように吐いた言葉が歌になり、父上介護の初頭の十二首から、教室そして好日入社、現在まで、心して作っている。母上、夫君、子、孫そして旅や共に暮らす犬までごく自然の流れのなかで家族が詠まれていく。「歌集の題」をとのことを念頭によみすすめた。

楽しみは何かと問えばしばし後「死にたくない」と父は応えぬ

身体が不自由なるも嘆かざり父は寡黙に日々リハビリを
背広着て施設を出たしと待つ父にその場しのぎの言葉を返す
いつまでと限りあるなら耐えられよう施設の梅に雪ふりしきる
紅枝垂を見ることもなく父逝きぬ介護予定の地にいま咲きて
若葉まぶし我も死に一歩近づけり時かさねきしのみと思うも
父さんも納得したらしと母が言う　もう夢に出てくることなしと
刈り上げの幼に息子を想いだす　君も人恋う春となりたり
きらきらと朝日に映えるもみじ葉のひとひら散りぬ娘嫁ぐ日

父を送り、息子、娘の発つ日への思いを詠まれた作。いずれも口つくままといえるが家族の別離と再出発の歌。感傷的にならず淡々と、上句から下句へ転換する、そこに作者の抑えた何かもっと無意識に呑み込んだ感慨がある。

二〇一六年より教室へそして「好日」へも入社され今に至る。新鮮な印象の日常生活詠を詠まれている。母上の介護を中心とすること二十年余、好日入社六年ほど、母上を絶えず見守りながら、家族、旅と日常を詠みとり目線と感受が淡々としかし新鮮な印象である。

ゆきずりの老人半生を語り終え飴一粒をわれに差しだす
抱きたしとひ孫ひき寄す母の身を案じるや五歳児柔らかに添う
マリア像を両掌で摩る老女あり義足の後姿になぜか吾を恥ず
四ツ谷駅にバッハ奏でる老いの眉あわれみ拒む誇りの見えて
口をあけ歯磨き任せる母の顔その素直さに一瞬たじろぐ
散歩する手押し車の母の辺をまあるく過ぎる人も車も
笑顔にてショートステイに行く母の背中に送るなぜかごめんね
横たわりされるがままの母の眼は何か訴う　足早に去る
添い寝する幼の腕のみずみずし首に巻きつき重くなりゆく
何故わたしここにいるのと母が問ういろいろ答えてもうクリスマス
ゆっくりと「迷惑かけるね」と母の言う鳩尾あたりが熱くなる朝
たいがいのこと受け入れてこし母の下唇の厚きに気づく

ほとんどの記憶うすれる母が言う「戦争だけはしてはならない」
ゆか暖房母のねむりをつつみおり南天しずかに雪おとす午後
ま新しい診察台に縮こまり朝日を飲むかに口を開《あ》く母
くり返し友の手紙を読みかえす母はそのつど新たに嬉し
冬日さすベッドに眠る人のなき時の来るなど想いて掃除す

題を考えつつ読みすすみ、後半二〇二一年「声を呑む　こえ」の章題に出合ってこれだと思った。作者の分析はあとがきを読んでいただくとして、私は「呑むこえ」が作品の骨だと思った。作者は子犬にヒントを得たというが私はそれまで読んできて作品のトーンにそれを感じていたのである。

二か月もたたず母より離されて眠る子犬の丸まる孤独
にぎやかな食卓に入れてと吠える犬衝立《ついたて》たてれば声を呑む　こえ
デイサービスより戻りきたれば敬語にて母は話せり　春のどしゃ降り
「子がいない」寒夜に起こしにくる母をなだめつつ思うどの子がいない

添い寝する我に布団をずらしかけ風邪をひくよと老い母注意す
硝子戸の向こうの母はうなずいてホームの奥へ歩行器おしゆく

老いてゆく両親を介護し共に障害を越えてゆく。耐える方も助ける方も担ってみれば大変なこと、今私もホームにいるので実感することは多い。母上の骨折七度、厳しいリハビリにも耐えて再起されるのは稀有のことである。それを受けて立つ著者の根性にも感嘆するが、まさに「呑んだこえ」が人生の底流になって、一見何でもない歌になっている。一冊を読みつつ読み流せない何か、それは呑みこまれた「こえ」によってすくわれたものと思われる。

まずは出発の第一歌集、口をついて出た言葉が自ずから形をなし、思いに沿った作者の作風となってゆくのを期待している。

なにとぞご静鑑をお願いいたします。

上賀茂神山の麓にて

声を呑む　こえ＊目次

Ⅲ　一杯の水　（2017年）

Ⅵ　交わらぬ視線（2020年）

Ⅶ　声を呑む　こえ（2021年）

佐川真理子歌集

声を呑む

こえ

Ⅰ

紅枝垂

（２０００〜２０１０年）

寡黙に

楽しみは何かと問えばしばし後「死にたくない」と父は応えぬ

身体が不自由なるも嘆かざり父は寡黙に日々リハビリを

介護施設にて

一夜なる妄想に己を肯なうや施設に入れらるる父からの電話

背広着て施設を出たしと待つ父にその場しのぎの言葉を返す

いつまでと限りあるなら耐えられよう施設の梅に雪ふりしきる

紅枝垂

一生を頑固に生きし父でさえ生くれば必定と和解せり

茶毘に付す間《ま》みな微笑みて飲食す春雨に火がくすぶるなかを

紅枝垂を見ることもなく父逝きぬ介護予定の地にいま咲きて

若葉まぶし我も死に一歩近づけり時かさねきしのみと思うも

父さんも納得したらしと母が言う　もう夢に出てくることなしと

子の巣立ち

刈り上げの幼に息子を想いだす　君も人恋う春となりたり

きらきらと朝日に映えるもみじ葉のひとひら散りぬ娘嫁ぐ日

Ⅱ 柔らかに添う

（２０１６年）

柔らかに添う

勇気ふるい短歌教室に入りし日は四十二回目の結婚記念日

「この家は妹も犬もいるんだよ」一人っ子の孫だれにつぶやく

幼き日山火事ありし跡に生うる木の緑淡し夏ちかき今も

枯葉剤の惨禍は三代におよぶという刺繍の少女ら黙してふれず
（ハノイ）

蒼空に孫の切り絵の白き月夏のおわりの旅平らかなり

コンサート団塊世代の夫らが小声で歌う「津軽海峡冬景色」
（石川さゆりコンサート）

ゆきずりの老人半生を語り終え飴一粒をわれに差しだす

年金の手続き終えてまたひとつ父の証を消しぬ　八重桜さく

喪中はがき今年も出すという母に父はまだ彼岸に至らずあらん

抱きたしとひ孫ひき寄す母の身を案じるや五歳児柔らかに添う

老いの眉

蒼空に灰白色の雪を載せ富士山きょうは冷たく鎮座す

十五の夢もちて上りし東京タワー緋色の褪すもつつましく立つ

ひとり身の不安あふるる友の涙気づかぬふりして秋刀魚をほぐす

人を待つ若人あふれる渋谷駅待ち合わせなき吾もケータイ弄る

マリア像を両掌で摩る老女あり義足の後姿になぜか吾を恥ず

四ツ谷駅にバッハ奏でる老いの眉あわれみ拒む誇りの見えて

東京五輪より五十年経つも風呂壁に「富士の絵」のこりなにか暖かし

二日月

七五三の孫の衿あしにおい立ち育つを喜び発つ日を予感す

鴨鍋に友との再会よろこびぬ明らむ湖岸に細首の鴨

夕陽落ち琵琶湖は黙して星を抱く鋼のような二日月をも

傘寿むかえる夫婦の後背まっ直ぐなり孤蓬庵へと落ち葉ふみゆく

孤蓬庵の木洩れ日に苔かがやきぬ盛りすぎたる紅葉のまにまに

紅葉のわずか残れるもいとおしくもう堪えずともいいよと呟く

老人がひとりおきに座りおり真昼の映画館人声かすかに

口をあけ歯磨き任せる母の顔その素直さに一瞬たじろぐ

さざんか

年の瀬に冷水で芋を洗う母「戦時おもえば何でもない」と

暖かく何ごともなく年明けぬ区切りなき生《よ》のわれは今どこ

男孫《まご》の掌の厚き触りに思い出す息子と手を組み歩いた日々を

介護車に乗る老人に「元気だせ」と励まされる朝さざんか満開

Ⅲ

一杯の水

（２０１７年）

黙しつづけて

沈沈と樹に白帽子を載せて去るマジック鮮やか雪の精なる

み社の傍《かたえ》に立てる楠木は祈りを聴きて茂りたるらん

何百年ひとの祈りを聴く楠《くす》の黙しつづけて緑変わらず

映画館の「息もできない」の看板にひかれつつゆく雨の立春

庭のすみ水仙一輪咲き始む侘助落ちる苔の中より

春の匂い

如月の陽の吸われたるカーテンを開けば裾の触りの温し

東山が薄むらさきに変わるころ春の匂いが音なく都に

シュレッダーに吸い込まれゆく記録紙にかすかに疼く退職と決めて

職場去り思いいしほどの揺らぎなし陽を背に浴びて夏みかん剝く

娘《こ》を叱りランチで溝を埋めたきもパンのみ褒めあい別れきたれる

新緑の木漏れ日の下異国へと赴任する息子《こ》のくつ磨きおり

寒風に

立ち呑みに黒スーツの足並びたりがやがやの波に疲れ放ちて

（梅田駅）

立ち呑みにひととき弛むや改札へ書類持つありタイ焼提ぐるあり

寒風に歩幅小さき老い人の買い物するを目の隅に追う

弁当と蜜柑ひとつを買い求むる老いの目直ぐなり体傾ぐも

齢かさね幾多の添え木に支えられ凛と咲きたる醍醐の桜

一杯の水

憂いごとを聞きて見上げる青もみじ飛行機雲が音なくひとすじ
（大原野神社）

新緑の濃淡それぞれ個性見すほどなくどれも似るひと色に

疲れたる吾に一杯の水くれし農家のツツジの柔らかな丸味

散歩する手押し車の母の辺をまあるく過ぎる人も車も

川を渡る阪急電車の振動音わが内にあり七十年聞きて

梅雨の晴れ間

言の葉を解せぬ赤子も号泣す新芽に降る雨別れを包めり

平日に夫とランチし散歩するまだ仮縫いのリタイア生活

「子供の日」鶯の声も賑わいに一人の子供に九人の大人

あじさいは亡き母の花という女《ひと》あり青紫のぼんぼり灯る

「もうちょっと一緒にいたい」と孫が言う　梅雨の晴れ間に咲く赤いバラ

イエスタデイ

居酒屋にビートルズの曲奏でらる主婦でにぎわうランチタイムに

青春の記憶の断片つなぎたり居酒屋に聞く「イエスタデイ」に

青春は漠として去りビートルズの歌にこみあぐ僅かな未練

灼熱の西陽が窓に貼り付いて破壊の衝動かきたてた夏

夕方の駅の雑踏に紛るればプチ家出せる生徒の気分に

ほおばるしぐさに

夏野菜をそだてる若者くちを開けほおばるしぐさに美味しさ語る

「粽売りしたよ」とはずむ孫の声「祭」の熱気が受話器より吹く

蟬の声がゴーヤの御簾をふるわせる無言でつくるいつもの朝食

台風去り蟬に代わりて虫がなく蟬の一途さ愛でぬまま過ぐ

「おめでとう」無口なわが子の言の葉の間合いにこぼれる温かきもの

（夫の古希祝い）

アジアの母

西山の竹を植えしとう「竹の道」朝あるくのは異国の人ら
子を背負い異国の人ら勤めにくる午前八時のイオンモールに

「竹の道」を赤子背負いて出勤するアジアの母のたくましき胸

逝きし子の名を聞けば今も涙すると　その母両手を小さくひらく

笑顔にてショートステイに行く母の背中に送るなぜかごめんね

ごほうびの虹

入院の母ともどもに道すがら岸辺に色褪す彼岸花ひとつら

母を託したがいに無言の帰りみち三日月形に夜空は裂けゆく

骨折し日がな臥したる母の辺に誰か持ちくる紅色の花

横たわりされるがままの母の眼は何か訴う　足早に去る

生きること老いて死ぬこと病棟に見てのち茶店でながなが過ごせり

病棟の夕餉は無言に終わりゆき西日に染まりて患者ら指示待つ

見舞いにくる家族を待つやエレベーター着くたび患者らゆっくり振り向く

休日に見舞う人なき母を訪い帰り路にはごほうびの虹

ケセラセラ

頬よせくる孫の湿り気ふかく吸いヒトの起源は水と気づけり

添い寝する幼の腕のみずみずし首に巻きつき重くなりゆく

添い寝して孫は「しりとり」するうちに笑った顔で眠りていきぬ

乾きたる言葉で切れし受話器おき今日はたっぷり庭に水撒く

「ケセラセラ」なんども聞いたフレーズが古希近づきて新たに染《し》みる

ショパンの調べ

暖かき秋日に聞こえるジングルベル早くはやくと何処へ急かさる

空高く棟上げの音の合間こそ女《おみな》にかなわぬ力を伝う

物忘れはげしき母と饂飩食むショパンの調べ今日はゆるりと

樹の枯れるは一夜にあらず　きょう一滴あす一滴の水を拒みて

何故わたしここにいるのと母が問ういろいろ答えてもうクリスマス

ハワイ

マグマ噴き成りし大地に人間の欲望寄せるワイキキの浜

日系の老女の作る弁当を食めばハワイと沖縄の味

日系のガイドが話す「おじいちゃん」移民の祖父へのいたわり載せて

プールサイドで日がな寝そべる老夫婦　碧色の眼に歳月の澄む

ワイキキで戦勝祝うパレードに出くわし気づく　ここは戦勝国

（十二月八日）

エジプトゆ来たりて里子となりし女《ひと》その半生を聞くワイキキに

どこからも小鳥のさえずり聞こえくるマウナケアの《すばる》仰げば

（ハワイ島）

Ⅳ　八月の空

（２０１８年）

籐椅子

ゆっくりと「迷惑かけるね」と母の言う鳩尾あたりが熱くなる朝

広縁の誰もすわらぬ籐椅子に冬日差し入り飴色の濃し

一日終え夜具をめくれる瞬間にあすに持ち越すものよぎりたり

日が沈み富士は彩を消してゆく生き物なべてかようになるらん

MRI検査の音が耳を打つ五歳のあの子も経験した音

逝きし人の写真いでくる立春に水仙の花みっつ咲きたり

二月《にんがつ》の冷えたこころを温める黄色のクロスにフリージャの束

春うららうつらうつらと眠る夫を傍に見つつ雑草をひく

人生の出口

「ごめんなさい」小さく言いて私から役満あがりし夫　春爛漫

住みし家を見ても判らぬという母に落胆隠しアクセルを踏む

たいがいのこと受け入れてこし母の下唇の厚きに気づく

生まれきて七日の赤子も嵌められる親の思いに社会の掟に

夕方のラッシュアワーに乗り合わせドアまで押される　人生の出口

心よわき日は

親とならび田植えする友に声かけずひた急ぎたり登校の道

電柱の「安保反対」のビラの文字田植えの水面に赤く映えいし

前をゆく人の影踏み病院へ写真の翳の正体ききに

北山がブルーグレイの濃淡に煙るのも良し心よわき日は

今となりて贖えぬことに涙する母に何をか言うべき雨の夜

尾　瀬

尾瀬ツアーはシニアばかりの顔合わせ天気を話題に距離はかりいる

すし詰めのミニバスにゆられ温泉へちぢんだ関節湯にひらきゆく

東京発のツアー三十人うちとけて関西人は自ずと引きあう

むかし見た尾瀬の写真の風景に水芭蕉の歌まわりだす

（中田喜直作曲「夏の思い出」）

五十年焦がれた尾瀬の地に夫とのんびり歩きぬ花季《はなどき》すぎるも

八月の空

それなりの悩みかかえる十歳と横たうる上を盆の風ふく

お鈴《りん》の音　宙にひろがりたちまちに臓腑に沁みる今日は盂蘭盆

死ぬときは「ああそうなのね」と呟きて逝く気がしてくる八月の空

上越の夏のトンネル抜けたれば山峡の村に角栄の汗見ゆ

あるじなき家の庭にも蟬の鳴き座敷に集いし昔日想う

つつがなく盂蘭盆すぎて茄子・胡瓜の姿おさまる夕餉をかこむ

宅配の桃は傷まず届きたり炎暑の中の連携プレーに

小塩山の鉄塔逆光に沈みゆく炎帝いまも我に容赦なし

絶えざる手入れに

台風に後ろの山の荒れたるも拝殿ほどよく景に馴染めり
（松尾大社）

なん時間も列にならぶ拝観者若きらは楽し恋の成就に
（鈴虫寺）

北山も鴨川も樹々も千年の絶えざる手入れにこの景となりしや

ほとんどの記憶うすれる母が言う「戦争だけはしてはならない」

長寿遺伝子

一時間人身事故にて停車せり隣席のおとこ香水爽やか

身構えて迎えし台風こともなく過ぎて微熱のだるさ残れる

休日のディープ京都の古美術に集いたる人の服装倹し

「もしもーし」孫の声の抑揚に長寿遺伝子のスイッチ入る

同窓会に男子ら選ぶカラオケの歌詞は純情五十年へても

エジプト旅行

もしかして今生の別れとなるやもと母の手つつみ施設の車へ

いつもより三秒長めに娘《こ》は見つむ砂漠の国へと旅立つわれを

神無月すでに梅田の街路樹は幾重も電飾巻かれて明るし

関空への連絡橋をバスはゆく三途の川を渡るとは　これ

音と光のあふれる国よりひとっ飛びナイルの闇に安らぐ我あり

闇をゆく船にナイルの川面より絹の触りの風が頰なづ

水没から神殿救いし熱き思い「世界遺産」の起源はここに

（アブシンベル神殿）

水と地が自然にとけあう川の辺に二頭の馬が草を食みおり

船着けば客引く御者の怒号わき鋭い目つきで先を争う

案内《あない》、給仕、掃除とすべて男がなす何処におわすかアラブの女は

ヌビア砂漠のきな粉のような砂の上を送電線はカイロへつづく

砂の上にわれ来し証と靴底を押せども跡はたちまち消えたり

あちこちに日干しレンガの積まれたり炎天に逝きし者たちの墓

みやげ物を値切りしあとに胸疼く幼き子の掌《て》のつり銭一ドル

一滴の雨も降らぬ砂漠にも物売る子らの家庭《いえ》あらまほし

ツアー三日目登校する子を初に見るバスに安堵の空気流れて

三角の美《は》しき比率のピラミッドただそこに在り形容拒みて

身を屈めピラミッドの中のぼりゆく空《から》の石棺あるのみと知るも

石棺の置かれる玄室湿りたりそうっと撫でる五千年の汗

カイロ市の排ガスの匂いに甦るそれが「ふつう」でありし昭和が

高速道の傍に羊の飼われたり屠りもここで「ふつう」にありて

夕つかた道端に立つ少女らの瞳は澄みきり心を読ませず

銃弾の穴あまたなるあばら屋に白き洗濯物の干されおり

夢さめて還りきたりぬ関空に　日出づる国の民はいそがし

Ⅴ　薬壺のように

（２０１９年）

摩天楼

イースト川をわたりつつ見あぐる摩天楼エンパイヤビルをさがして背のびす

天をつく高層ビルに埋もれるもエンパイアーステートビルは今も華なり

いつまでも子供と思いし息子の背に一人負われて一人抱かるる

マンハッタンの摩天楼に撮る写真ひさしぶりなるツーショットに

異国にて生れし孫のお食い初め心づくしの鯛におどろく

バス停に闇の降りきて我ひとり黒人女性が白き歯に笑む

好物は納豆とあんパンという孫に継がるる我の好みが

別れきて川の向こうのアパートを目におさめんと車窓にはりつく

孫の横顔

西山の住持の後姿ますぐなり左右に振れず竹林に消ゆ

（竹の寺）

シャンソンのながるる店にあんみつを食みて秋の日ふわふわと過ぐ

「猪のかたちの雲」と指をさす孫の横顔おとなびてきぬ

平成最後のバレンタインとう宣伝に甘さ覚えず通りすぎたり

毛糸の帽子

「正月をいかに一人で過ごそうか」ジムのプールに女声が響む

ゆか暖房母のねむりをつつみおり南天しずかに雪おとす午後

シャッター街に商いつづける駄菓子屋の毛糸の帽子の夫婦なかよし

歯科医にて黒のスーツのスタッフにホテルのようなレセプション受く

ま新しい診察台に縮こまり朝日を飲むかに口を開《あ》く母

石垣島

着陸をやり直すとのアナウンスに空調音が鋭《と》くひびきだす

リゾート地の切りとられたる水平線　落ちる夕陽のはんぶん悲し

幾億個のダイヤ耀く石垣の海にノーモアリゾートホテル

冬枯れの遊園地すぎ居酒屋へ店の騒つき今ありがたし

鍋焼きうどん

専門家に懸案ゆだねた帰りみち鍋焼きうどんにほっこり緩む

老い母がひとつ話せば息子《こ》がみっつ応ずる親子あり　うどん屋に

台風に倒れし桜も春なれば厚き樹皮より二輪咲かせたり

新苔に桜の花片降りしきて雪かとおもう　今朝は四度

くり返し友の手紙を読みかえす母はそのつど新たに嬉し

早春の東北

雪いだく富士の谷線濃紺の闇となりて春を待ちいる

雪解けの水ゆたかなる会津の地に「鶴ヶ城」とう日本酒を買う

会津の酒購いし時まな裏に第一原発の映像浮かびぬ

雅子皇后の誕生祝う村上の鮭の吊物にさ緑映えて

（新潟県村上市）

軒先に塩鮭あまた干されおり厳寒の間《ま》のたんぱく源とや

散りしきる花片のトンネル抜けたれば蒼き月山雪纏いてあり

半年を雪に埋もるる山毛欅の森　根に水溜めて春をまつとぞ

トランプ

正月に幼ら集えばたちまちにヒエラルキー成し泣く子もありぬ

理由《わけ》きけば暗黙のルール異なれり戦争もはじまりはこれかと

争いの理由あきらかになる後も一度吹く風すぐには止まぬ

泣き叫ぶ、拗ねる、傍観、子ら三様　生受けしより咲き方それぞれ

仲なおりせぬまま帰らば悔いるらん　されど許すは難し子供でも

トランプに誘えば孫ら入りきて闘志を燃やす　ルールは明白

いつしらに親たち加わる「ババ抜き」はタヌキとキツネの化かし合いへと

孫たちのしこりも溶けてさようならトランプさんに大きな感謝

春が弾ける

ばあちゃんの初恋はいつと問いくるは自称ししゅんきのレディ七歳

アルバムの中の父には髪があり笑顔で肩組む青春もあり

疏水辺の桟橋に撮りあう女子五人卒業旅行か春が弾ける

「着順は聞いてくれるな」婿は言うノッポの孫の徒競走の

新緑の坂登りゆく夫の背のやや傾けり五十年を経て

（大山崎山荘）

麩屋町に異国趣味なる店ふえてイケメン多しと気づく夕暮れ

「空がきれいね」なんども見上げて母が言う感動するを忘れず九十年

さ緑の楠《くす》の若葉に去年《こぞ》の葉も赤く混じれり　まもなく改元

ジェットコースター

井戸深く冷やしたスイカを切り分ける寡男《やもお》の祖父の包丁さばき

祖母亡きあと助け受くるも謝意つげざり祖父の眉型われに継がれる

悪縁を断ちたき人ら並びいて縁切り神社に蟬の声はげし
（安井金比羅宮）

四十年の病耐えきて清潔な姉のまなざし真っすぐ注がる

原爆の記事を読みたる八歳は口元ゆがめて泣くを堪えおり

契約を遺漏なきよう説明するドコモ社員は四拍子にて

途中から理解できぬも微笑みてスマホの説明「音」として聞く

宙返りしつつ一気に墜ちてゆくジェットコースターに古希にてデビュー

地球は律儀に

コンソメの匂いほのかに漂いて配膳を待つ冷えた機内に

利尻富士ま向かいに見つつ湯に弛む飛び交う鷗の白なまなまし

九州、沖縄からの出稼ぎとう利尻のバスのシルバーガイドは

あお空にオレンジ色のひつじ雲一瞬たじろぐ無神論者の吾

盆すぎて踝あたりに風涼し地球は律儀に廻りていたる

百日紅の花ぽろぽろと落ちはじめ虫の音かすかに　明日から九月

リタイア後はハワイでゴルフ三昧と言いいし医師逝く誰にも知られず

ピンクのトマト

禍も煩いもなき炎天に真空のような古希を迎えぬ

カラフルな世界はいつしかモノクロに　落ち込みもせずときめきもせず

午後六時そろいて夕餉かこむ幸　蟬らまだまだ働きいるのに

夏野菜の端境期消え店先にピンクのトマトの生ぬるく盛らる

父の死を認めぬ母に嘘っぽき言葉かくるも耳に戻りく

イベリアの大地

延々とオリーブ畑つづきたりイベリアの大地オイル湧くがに

狂おしくフラメンコ踊るジプシーは同化など拒む厳しき目をして

聖堂の金の装飾豪華なるも植民地より略奪されしもの

宗教の長き戦い経たるのち一つのモスクに異教の祈禱所
（コルドバの聖マリア大聖堂）

真夜のカフェ日付かわるも声あふるスペイン人はおしゃべりが好き

スペインの過去の栄光失せるとも強き視線に誇りがみえて

リスボンの路の真中に美しき乞食座したり名所となりて

傷痍軍人

おさなき日母と詣りし法輪寺もみじ葉ひかる階段いまも

法輪寺に傷痍軍人並びいて母にひたりと階段上りき

身のひとつ欠けたる姿に平然と過ぎゆく大人を不思議と覚えし

白装束の傷痍軍人目があえば幼きわれにも頭をさげたり

目を瞑れば見たくないもの消え失せるそんな世界を許さぬ白は

白装束の義手の差しだす白い箱　四角の穴は小さく昏き

年々に傷痍軍人減りゆきて渡月橋に彩《いろ》あふれだす

紅葉ツアー

もみじ狩りにひとりで行けぬ世代乗せバスはゆるゆる銀杏並木を

山奥の古寺をまもりし村人ら総出で紅葉のにわかガイドに

山寺に集められたる無縁さんにもみじ散り積み一隅あからむ

今ひとたび訪れることもなからんと大観音に願かけひとつ
（長谷寺）

謀議せし神社はいまも幽とあり奈良漬の色こころもち濃し
（談山神社）

薬壺のように

夕さりて仕事納めし若人ら薬壺のようにスマホを掌に載す

夕まぐれ山茶花の蕾ひとつ見え柔きボールを受けたここちす

秋日あび松の小径を並びゆけばわれの知らざる吾子に出会えり

生花店に入れば孤高の香りくる小さきものの生きてるにおい

冬日さすベッドに眠る人のなき時の来るなど想いて掃除す

Ⅵ　交わらぬ視線

（２０２０年）

交わらぬ視線

わが手から医療に母を託したり師走の雨が背中をつたう

くれなずむ西山丘陵に灯が点る両手ひろげて子を抱くように

夕暮れの九号線を突っ走るトラックに埋もれ母待つ部屋へと

生きることを諦めたのか生かすことをあきらめたのか　交わらぬ視線

怪我ならば此処にいるとう一抹の理性が母に残るも哀し

（此処＝病院）

いつまでも迷惑かけると詫びる母の掌のあたたかし我の手はなさず

リハビリや検査よりも眠りたき老母に課する苦役いつまで

霜枯るる丘陵のぞむ病院にリハビリ士の声明るくとおる

「帰りたい」母の声を背にうけて去れば真冬の水っぽい虹

エロスの翳

寒風にさくら枝艶めき膨《ふく》よかに命みなぎる花咲くまえの

病む友の肩にわが掌を触れたれば硬く戻さる　さくら満ちる日

薬なべて効なしと知り友はただ祈ることのみ我に求めぬ

病む友に静かに対う夫の顔にエロスの翳のやさしさ奔る

あどけなき舞妓のうなじの白粉《おしろい》を哀しとおもう怖しとも思う

ギザギザナイフ

春色のパン屋の食パン切りわける堺の町のギザギザナイフ

さくら咲き黄金の望月のぼりたりウイルスなどは知らぬ顔にて

おさまらぬウイルスに怯えジシュクする密やかなるもの世界を統べて

われの背に買いもののリストを読みあげる孫の大声スーパーに響く

一人っ子おとな四人を巻きこんで相撲ごっこす長き休校に

ジシュク

こんなにも小鳥・小虫の鳴きいるか排ガス・騒音なき川の辺に
母とおなじ背丈の男子やや遅れ川の辺走るジシュクの日々を

一人っ子の友と遊べぬ淋しさよ休校の理由《わけ》くりかえし聞く

夕餉すみ義歯を外せば吾の知らざる母らしき人そこに在りたり

断捨離は思い出捨つるにあらざるも身のうちどこかに風の吹きこむ

「しっかりと」は首相の口ぐせ年々に迫力薄く聞き流しおり

忘れしか幼子の笑みと健気さを　死に至るまでパパ・ママ恨まず

（野田市女児虐待死事件）

新緑

蕗の薹摘みそこないて三月尽植えくれし人ひそやかに逝く

紅枝垂の新葉いっきに雪崩おり光をかえす力みなぎる

新緑の萌える山の辺これよりは眠りに入る竹のかろがろ

愛宕山のてっぺんの形ゆるらかに大覚寺まで歩いてきたれば

人間が活動減らして鳥たちがのびやかに鳴く五月の空に

新緑の哲学の道を歩きなば戻る記憶のいと哀しからず

えんどう豆転げて夫と探す日のはちみつ石鹼ゆるゆる泡立つ

夢の中「ふたつの嘘をついている」と言われ覚めればどの二つかと

日めくり

保津川の翠の流れゆるやかに市民の嵐山幾年ぶりぞ

訪日の客の多きを押し止む新型コロナのなしたる一つ

約束の一つもなき朝ついにきておもおもと繰る居間の日めくり

スマホにてブロック崩しをするわれに終わるをのぞむ我もいる真夜

コロナ流布第二波きたるとかまびすし　団栗橋の中ほどは闇

迷　走

Go To か Stay home か宙ぶらり降りつぐ雨にゴーヤの淡く

迷走の Go To トラベル　嵐山《らんざん》の若き車夫らは暇もてあます

二ヶ月の休業なるか嵐山の川辺に車夫の脛白く立つ

とおり雨すぎて嵐山みずみずし車夫の地下足袋つやつや光る

茶店にて住所の記入をもとめられ嘘を書けばと誰かがささやく

大堰川のほとりの赤松くねくねと他人《ひと》に合わせて生きこしように
赤松は右へ左へ幹ゆらしどこへ行きたや芯なきままに

遠まわり

わが国を水の国とぞ言いしあり恵みを受くるも時に苦しむ

洪水をくり返しきて平野あり水に呑まれし命の上に

巡行のなき鉾町にお囃子が小さく流され三和土の清し

再開の学校に行けぬ孫の苦しみ想うことしかできぬ初夏

息子《こ》と孫は上下に揺れてホームへと人まばらなる送り火の夕べ

手をつなぎ帰る親子の背を見送り遠まわりして家にもどり来

夏の終わり

青空に夏のおわりの白き月乗り合いバスは老い人はこぶ

ひとり来て近江舞子の湖《うみ》の辺に綿菓子のような夏雲あおぐ

今津まで来たればなるほど近江とは湖の国と思いいたりぬ

葉の縁に少々黄味が増してきてやっぱり淋しい夏の終わりは

山峡のあぜ道行けば蜻蛉は伝令なるごと突如纏わる

稲穂垂るる山峡の家より溢れくる学校へ行けぬ子らの大声

（デモクラティックスクール「まっくろくろすけ」）

パナマ帽にロイド眼鏡の父といく炎天下の坂しろく果てなき

手

介護車のドア開きたれば朗々とカンツォーネの曲弾け出《い》づ

世界中めぐりし初老の運転手母の手をとるナイトのように

せんたく物をたたむを母は役目とし皺深き手でていねいに撫づ

ゆくりなく師の手に触らば冷たきよ出過ぎと思うも無言にさする

美容師の指しかと髪に沿いゆけり人にも添いうる二年目となり

爽秋の黄蝶に出あえば幸運と寺に祈れり孫の快癒を

この空をこの風を君に送りたしひらひら寄りくる黄蝶にのせて

風雪に耐えて御堂の木目荒らし女人高野にいちょう煌めく

（室生寺）

無事を問われ電話に我の饒舌や池にあぎとう鯉の口見ゆ

コロナ禍にこののち旅に行けざるかキャリーケースは大きく立つも

棕櫚の陰

くるくると両頬挟まれ洗われる電車は車庫へ夕日つれゆく

腕いっぱい伸ばしてグラスを合わせたり初秋の嵐山《らんざん》赤く煌めく

霜月の嵐山《らんざん》の錦また哀し父を連れ来し最後のところ

亡き父の時計を売りに店奥の棕櫚の陰にて順番まちぬ

かさかさと落ち葉除《よ》ければ肉厚の水仙の葉がくくっと顕わる

老い母がその母想い涙しぬ乳の絆は九十路すぎても

いちばんの幸せな時は「過去」と言う難民の子らの「現在」思う
（シリアの難民）

婚活、妊活、終活、パパ活と「活」を付ければ前向きの話に

Ⅶ

声を呑む

こえ

（2021年）

何もない空

昨盆は仏壇に手を合わさぬ子　正月に来て線香供う

この子には未来はいかに宿るらんゲームに逃げて半年が過ぐ

南天の実の粒ほどの確かさに寒さにちぢむ自分を励ます

あるく向き違えて気づく曇天の嵐山《らんざん》の景また奥深き

新春に夫と川辺をウォーキング何もない空ふたりで仰ぐ

黒い鳥

氷雨ふる十日すぎての初詣でみくじは末吉　なお降りやまず

ドラえもん持つ児を挟み寒風に甘酒すする和服の夫婦

ふたたびのステイホームに磨く窓黒い鳥きて金柑つつく

重症者ふえゆくニュースを聞きながら「赤いダイヤ」をからからと炒る

コロナ禍に医療崩壊叫ばるも民の思うに「狼少年」

寒しぐれに雲の幾重の重なりて愛宕の山頂見ること難し

白菜の口結わるるまま朽ちゆくを路傍に見つつ病院へ行く

苔庭の青竹の柵つややかに小雪舞うなか春をまちいん

（銀閣寺）

黒い瞳

われの背をじっとうかがう黒い瞳きょうより命引き受ける犬の

ストーカーのように窺う子犬の目　背に貼り付くまま茶碗を洗う

子犬とて拒絶されればクッションを噛んで動揺和らげんとす

こんなにも主に忠節なるものか子犬は我に罪の意識を

つづまるは無視がいちばん恐ろしい犬も人も他の目を窺う

もぐもぐと食ぶる口元ながめつつ人にあらしむ「もの」さがしたり

声を呑む　こえ

二か月もたたず母より離されて眠る子犬の丸まる孤独

とおるたび見あぐる子犬の黒き瞳が吾を呼びかく一瞬うかがう

にぎやかな食卓に入れてと吠える犬衝立《ついたて》たてれば声を呑む　こえ

お仕置きの衝立たてるも隙間から子犬を窺う人の密なる

わずかでも近くに寄りたや犬は吾《あ》をへだつる斜めの戸板に寝ており

朝いちばん会えば仰向きしっぽ振る子犬は昨夜の我をゆるして

顎を載せ微睡む子犬のこころなりマッサージ師に身を委ぬるは

十歳の掌

茶にむせる我の背なでる十歳の掌の大きさに歳月おもう

「満月が綺麗よ」と呼べば十歳はiPadもちて走りきたりぬ

存分に雨しみわたり地底から春の匂いがわきあがりくる

宅配の大きな箱に小瓶ひとつ温暖化なげく我はいずこに

白いプードル

急逝の友の通夜のかえりみち白いプードルと友だちになる

さ緑の欅の上の虚空より泣き声きこえる　どうしようもなく

人生のデッドエンドに入りたるか　あなたはとうに気づいているはず

せかいじゅうの誰とも話さず一《ひと》日《ひ》終え生暖かいソファを撫でおり

デイサービスより戻りきたれば敬語にて母は話せり　春のどしゃ降り

コロナ禍に店の閉じたる参道を稚児はスキップに下りゆきたり

薄給の頃のそぐわぬ買いものよヘレンドの碗より湯気たちのぼる

花の下フレッシュマンらのランチらし白いマスクに白いシャツに

それぞれの彩

町医者に老い溢れおりワクチンの予約に声はみな尖りいて
（コロナワクチン接種）

脳死の友の強き命か植えくれしジャーマンアイリス一花咲きたり

枯れたると諦めし柚子のよみがえる脳死もまたと思うこのごろ

これまでに何度も骨折せし母は辛いリハビリ忘れて前向く

雨あがり首輪とリードを干す傍に紫陽花の毬ゆうらりそよぐ

老い母と子犬が仰向き熟睡す紫陽花ひともとそれぞれの彩

きづかぬ間に子犬はいまやお年頃　犬飼うことは酷なことやも

昭和の演歌

さきおくりさきおくりしてあと十日あきらかならず五輪のあれこれ
（2020東京オリンピック）

ひさびさに昭和の演歌を聞く夜は失恋歌さえ明るく聞こえる

気がつけば女四代寝そべって本読む傍に子犬はねむる

紫陽花を飾れる食卓とりかこみ一日のできごとわれ先にと告ぐ

初夏の風

大鳥居の朱をくぐりゆく少女らのスカートゆらす初夏《はつなつ》の風

夏風がスカートゆらし少女らの真白い脚がひかりをかえす

美術館の裏庭に座し初夏の風に吹かれてひとりを楽しむ

くちなしの甘き香りよ艶もてる厚き葉の間に白き一花

短パンにすらりと伸びる孫の脚なるほど渾名は「きりんさん」とか

夏休みソファに臥する長き脚　宿題と暇もてあます足

墓回向する人ら老いて僧もまた背を丸くして小さくおわす

二度目の東京五輪

「始まるよ〜」必死の声に孫が呼ぶこの子にとっては初めての五輪

そのむかし五輪のサッカー観戦す修学旅行の行事のひとつに

古チケットに三ツ沢蹴球場とあり粗末な紙に色数少なく

今なれば希少なチケット韓国対ブラジル戦に興味なきあの頃

オレンジ色の東京タワーは美しく首都という語をこころに刻みき

ビルの谷間の首都高速を突っ走りカーブのたびに歓声あげし

五輪の間を狭い旅館に泊まりおり夕餉の菜は真赤なウインナー

あの頃はワクワクしていた私たち二度目の東京五輪は弾めず

リレーのバトン引き継がれずに終わりたり走れぬ選手の終わらぬ五輪

風清々し

涼風が頰を撫でゆき幽かなる虫の音きこゆ　何かが去りぬ

たわわなる葡萄甘くてイソップのキツネに分けたし秋のめぐみを

美味なるも日毎の葡萄に飽きてきて我儘なるよ私の舌は

愛読書をブックオフにて処分せり戻れば棚の隙間に日が射す

代金は運賃に満たぬ額なれど古本売りて風清々し

跡を継ぐ息子ときたる老庭師つねより優しき声で注意す

感動した、いっぱい泣いたと語る孫のまっすぐな目にあえる幸せ

（鬼滅の刃）

鳩の泣き声

頻繁に幹めがけ飛ぶ鳥の翳どうやら鳩が巣をつくりたるらし

庭樹より鳩のなき声しきりなり退屈な授業のごとき抑揚

たいくつな授業の折に聴いていたあれはやっぱり鳩のなき声

放課後に石膏像を汚ししとき鳩が鳴いてた詫びることなく

庭師らが丁重に巣をおろしたり雛のいぬこと確かめてのち

鳩の巣は枯草・小枝で作られし見事な作品　本能というは

鬱々と時の流れる晩秋を柚子の黄色が背中押しくる

近づけば去り退けば寄りてくる犬との距離も人ほどむずかし

見えざりしもの

かさかさの落ち葉のなかに空蟬のあまた潜みてかささかさと鳴る

掃かれたる落ち葉の中の空蟬は生きた証というには軽く

散り際の紅葉は真赤に燃え盛り一世の終わりもそうならんかと

擦り切れたはた虫食いの葉もありぬ地に落ちるまで見えざりしもの

外壁の真青で瀟洒な老人ホーム入居の後は見えざるものを

本願寺にたびたび参拝せし祖父のひとりの淋しさ我知らざりき

Ⅷ もしもしカメよ

（２０２２年）

華が咲きだす

大掃除もおせち作りも手抜きして中途半端な余裕に年越す

ひざ上の子犬の熱き塊と午睡に沈む三が日過ぎ

木の枝のはつかな芽ぐみに気がつけばこころ弾むも沈むもありて

好きな子をかたる女孫の口もとに華が咲きだす湯けむりのなか

同意せぬときは「ふふふ」と誤魔化して少女は羽化への一歩ふみだす

空蟬

はにかめる笑みにかくさるる寂しさの理由《わけ》は知らず　友逝きてしまえり

四十ヶ国へ元気に旅せし友逝きぬ闘病わずか半年の後

落葉《らくよう》の中の空蟬ひろいつつ逝きし人との過去をあつむる

ジャンプすれば手の届くほどに雲の垂れ相模の海は黒黒とあり

鈍色の海に漁船の旗ゆれて雨降る相模に遊ぶ客なし

ウクライナ

戦火のがれ雪道ひたに国外へ老ゆるも、病むも、孕むもいとわず

避難者のもてる荷物のちいささよ引きちぎれらし生活の片

国のためパパは戦うと言いてのち六歳の目に涙あふれる

国土愛はた家族愛の強きこと羨まし今の日本におれば

避難民の「誰もたすけてくれない」の叫びがひびく朧月夜に

早春を入浴剤に浸りいて立ちっぱなしの避難を想う

自が野望をとげんと他国を蹂躙す愛されぬ者こそ己を誇示す

嘘をつくための道具であるごとく言葉で意味を換える為政者

「核共有」さらりと言葉を持ち出して戦争への道つけたがる人

春うららチラシを配る若者の憂いの面に目を逸らしゆく

もしもしカメよ

「子がいない」寒夜に起こしにくる母をなだめつつ思うどの子がいない

「今しがた脇に添うてた子がいない」いくつになっても我が子は小さい

添い寝する我に布団をずらしかけ風邪をひくよと老い母注意す

すこしまえ孫に添い寝のわれ歌いし「もしもしカメよ」老母に歌う

幸せもはた不幸せもなき世界や老い母生きたるこの十年は

わが足に顎をのせて眠りたる子犬は母さん恋しかるべき

彼岸会に曼荼羅絵図にひとすじの光さしこみ心ふくらむ

（桂地蔵寺）

乱反射

アカメ垣の乱反射するひかり浴び白いブラウスほんのり色づく

入居後の母はいかにと問うわれに写真一枚やさしく渡さる

写真にはカメラ目線の母がいるいつもと変わらぬ穏やかな面

君だけだよ吾の腹立ちに気づくのは　上目遣いで子犬は見つめる

生き物を狭い世界に閉じ込める後ろめたさに見上げる満月

カメムシをティッシュ一枚でつまみだす虫好きの女孫《まご》背丈追い越す

やわらかな春の光を浴びながら散歩するなど無かりし十年

硝子戸の向こうの母はうなずいてホームの奥へ歩行器おしゆく

ひこうき雲がするどく世界を二分してやがて卯月の藍になじみぬ

あとがき

母を引き取って三、四年した頃、何かひとつ新しいことを始めようと思い、NHK文化センターを訪ねました。そこに当時、神谷佳子先生がされていた短歌クラスがあり、入れていただきました。二〇一六年四月のことです。

その時まで、短歌に縁のなかった私ですが、それより遡ること十数年、父の介護に行き詰まったときに、ふと口をついて出た歌がありました。五七五七七のリズムの短歌です。その時、とても不思議な気持ちがしたのを覚えています。短歌のリズムはいつの間にか、私の身体の奥ふかくに刻みこまれていたのかと思いました。

そして、初めての短歌教室で、ドキドキしながら自作の歌を披露した体験は忘れられません。一首の挽歌でしたが、歌をつくった時の気持ちを先生に深くわかっていただけたのです。この時、それまで一人で抱えてきたものが、溶けていくようでした。それからは、まるで赤ちゃんが言葉を話し始め「応答してもらえる」という体験がさらなる表現を促すように、私は作歌を続けることができたように思います。

二〇一七年一月に短歌結社「好日」にいれていただきました。その後は毎月の締め切りに、歌を詠みつづける大変さを痛感しつつ、日々の暮らしの中で感じたことを歌にする楽しさを味わっています。

この春、母がホームに入所し一段落した折に、これまでの歌を一つの形にしたいと思い、神谷先生に相談して歌集を編むことになりました。歌の配列は、ほぼ作詠順ですが、テーマによって前後しているものもあります。年齢的には、五十歳半ばから、家族の別離、子の巣立ち、孫の誕生、そして夫の定年などによる生活の変化の激しい二十年間に詠んだ歌です。

題の「声を呑む　こえ」は、先生からご提案いただきました。我が家に来たばかりの子犬が、食事時にいっしょに入れてほしいとワンワン吠えるので、食卓が見えないように衝立を置くと、一瞬の静止の後、出そうになるワンの声を呑んでから、哀しそうな、声とも言えない声を絞り出しました。それは、抑揚もあり声色もある、まぎれもなく声でした。拒絶されて言えない、その「こえ」は何かの形で発せられるべきものなのだと、その時、思いいたったのです。

私の母の世代は、青春時代をほとんど戦争に塗りつぶされ、戦後の社会の激変にも、忍耐し、勤労し、努力して生きてきた世代です。そんな時代を生きたからか、母も、身体が思うように動かなくなっても、愚痴をいわず、努力する姿勢は変わりませんでした。しかし精神的に衰えてきだすと、一世紀ちかく生きてきた人間の記憶の底から、時間軸や空間を超越した様々なものが現れました。そのような時、私にもいろいろな思いが去来し、それを呑んできました。そのいくばくかを、折々に歌にすることで助けられてきたと思います。何気ない日常を詠んだ歌が多い中から、先生が歌集全体に流れる「こえ」を聴き取ってくださったことを非常に嬉しく思います。

神谷先生には、お忙しい中、本歌集の編纂にご助言をいただき、身に余る序文をいただきましたこと、深く感謝申し上げます。また、同じく校正をしていただき、日ごろ結社「好日」の選歌をしていただいています橋田政子先生に、厚く御礼申し上げます。

　青磁社の永田淳様には、歌集を作るにあたり多大なご尽力をいただきまして、ありがとうございました。装丁の上野かおる様にも感謝申し上げます。

　最後に、日頃、さりげなく協力をしてくれる家族、そしていつも微笑みを返してくれている母に、ありがとう。

二〇二二年　霜月

佐川　真理子

好日叢書第三〇七篇

歌集　声を呑む　こえ

初版発行日　二〇二三年一月一日
著　者　佐川真理子
京都市西京区桂千代原町一〇—七（〒六一五—八〇八五）
定　価　二五〇〇円
発行者　永田　淳
発行所　青磁社
京都市北区上賀茂豊田町四〇—一（〒六〇三—八〇四五）
電話　〇七五—七〇五—二八三八
振替　〇〇九四〇—二—一二四二二四
https://seijisya.com
装　幀　上野かおる
印刷・製本　創栄図書印刷

ISBN978-4-86198-552-2 C0092 ¥2500E